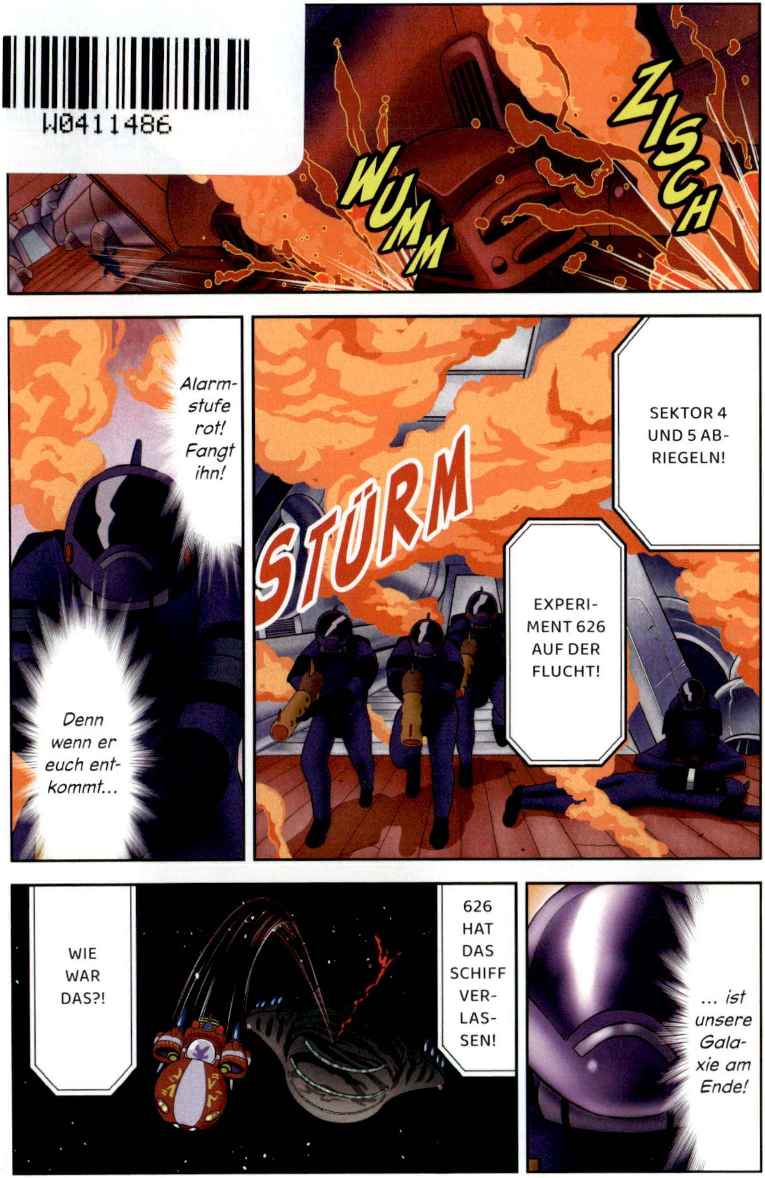
WUMM
ZISCH
Alarmstufe rot! Fangt ihn!
Denn wenn er euch entkommt...
STÜRM
SEKTOR 4 UND 5 ABRIEGELN!
EXPERIMENT 626 AUF DER FLUCHT!
WIE WAR DAS?!
626 HAT DAS SCHIFF VERLASSEN!
... ist unsere Galaxie am Ende!

PSCHIUUU
Lokalisiere Anomalien im Raum-Zeit-Kontinuum...
Er hat es in den Hyperspace geschafft!
Verfolgt ihn! Er darf nicht entwischen!!
Wir müssen dieses Ungeheuer einfangen!
Aber unser Schiff braucht eine Wartung...
Grr...
Wir ziehen uns zurück.
Aber eins steht fest...

INHALT

Disney Stitch und der Samurai

1

Das
Land
Gekoku

Kapitel 1: Eine Begegnung mit dem Unbekannten

Ngh ...

HUSCH
Ich bitte Euch inständig!
SCHEPP
Wollt Ihr das wirklich tun...
... mein Fürst?
Denkt an die Frauen und Kinder ...
Schweig!
!
Wer sich mir widersetzt ...
... den brenne ich gnadenlos nieder.

A... Aber ...!
Genug jetzt!
FLACKER
LODER LODER LODER
Du machst den Anfang.

Entfache
die erste
Flamme.
Hng
...?!

I... Ich...!
Also bleibt uns keine andere Wahl...
... für unseren Triumph?
Fürst Meison Yamato, unser Herr und Meister!
Un-barm-herzig wie kein Zweiter!

SCHEPP
SCHEPP
SCHEPP
SCHEPP
SCHEPP
SCHEPP
SCHEPP
SCHEPP
SCHEPP
SCHEPP
Kaum zu glauben...
Shibamasa, den großen General der Streitenden Reiche...
... erwartet heute Nacht der Tod?

Dabei waren wir deutlich in der Unterzahl...
Dank der Taktik unseres Fürsten gewannen wir die Oberhand!
Oh?!
Eine Sternschnuppe!
Stürzt sie etwa...
... auf uns herab?!

WUMMS

KRA

Potz Blitz!
Was geht hier vor?!
Werden wir über-fallen?!
Wieher!
Be-wahrt Ruhe!
Wieher!
Schützt unseren Herrn!
Er darf nicht fallen!
Mein Fürst!
Bitte zieht Euch zu-rück!

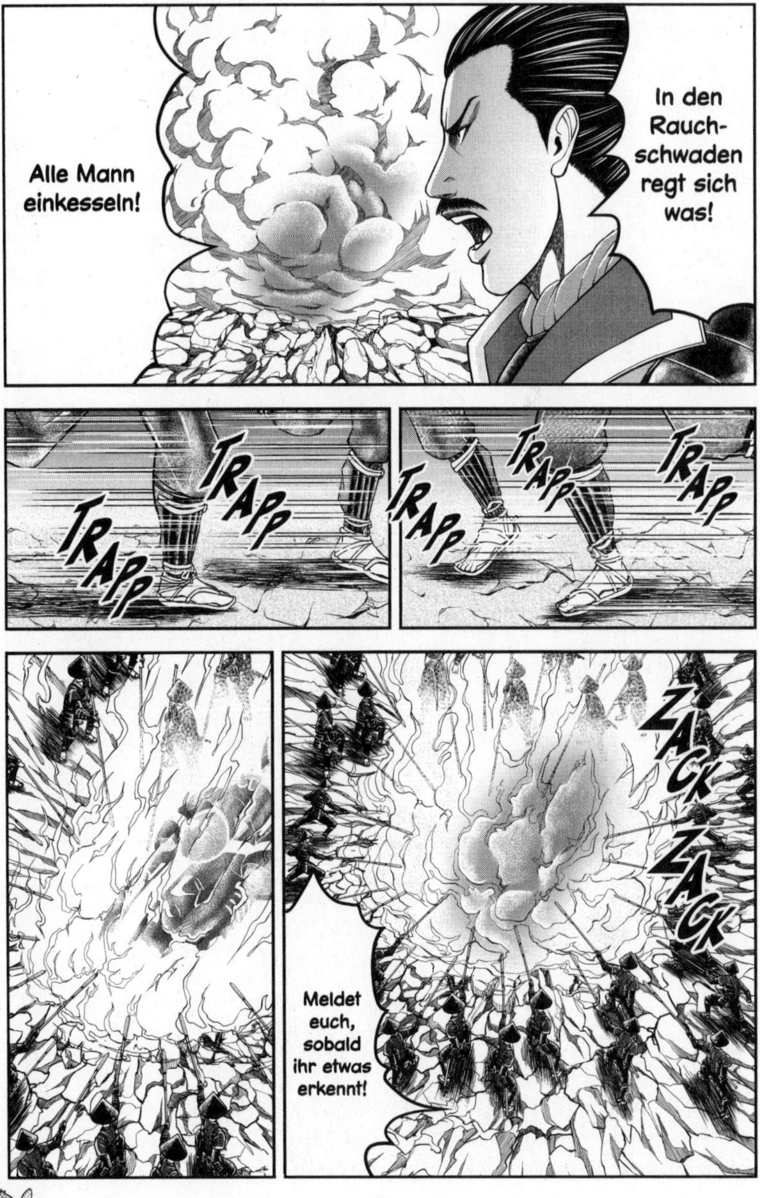
In den Rauch-
schwaden regt sich was!
Alle Mann einkesseln!
TRAPP TRAPP
TRAPP TRAPP
TRAPP TRAPP
ZACK ZACK ZACK
Meldet euch, sobald ihr etwas erkennt!

Hsssss
Was zum ...?!
W... Was ist das?!
Ein Stein-schlag ...?
Hier im Wald?
Eine Falle ...?!
M... Mein Fürst!
Hm...
...
?!
HEB
Geh schon!
Wie ...?!

SCHLEICH
SCHLEICH
STRECK
TIPP
ERSTER KONTAKT

Ich habe alles im Griff ...
Denn ich die-ne Fürst Meison Yamato!
!
FSSH
?!
TSCHAK
SCHIIIIIIIIIIRRRR
Man nennt mich Kogoro, den Speer!
Glaub mir, wenn ich dir sage...
... ein Kampf mit mir wäre zweck-lo...?!

SCHLEICH
SCHLEICH
SCHEPPER
Melde gehorsamst...
Ein blauer Tanuki* kam hervor...!
Das sehe ich selbst...

* Marderhund

Was es auch sein mag, erlegt es!
Und begebt euch danach wieder für den Vormarsch in Position!
STRECK
STRECK
HÜPF
HUSCH
?!
PACK
GALOPP
GALOPP
STRECK
STRECK
ALLEZ HOPP
GALOPP

H...
Hilfeee!!
A...
Aber
was
zum
...?!
HUSCH
LOSLASS
RUMMS
Er hat ihn mühelos hochge-hoben...!
Was für...
... eine Kraft!

Dieser blaue Tanuki ...
... muss eine Art Dämon sein!
STRECK
Huar!
DUCK
♪
Iek!
WIRBEL
WIRBEL
WIRBEL
Gyaaaaaargh!!
Kogoro, der Speer ...?!
SCHNAPP

DOTZ
Du...!
♪
STRECK
... kleiner, frecher...
STRECK
... rotzfrecher... Wah?!
STRECK
Was ...?!
DOPP
ZACK
Nimm das!

Woher rührt dieses...
... Aufwallen von Gefühlen in mir?!
Ich will es am liebsten streicheln...

Ich will es von oben bis unten herzen!
Meison Yamato.

Er zog in unzählige Schlach- ten...
... schmie- dete die größten Intrigen...
Doch er war unvor- bereitet, ange- sichts dieser...

... unge-
heuren
Niedlichkeit!

Alle Mann zurücktreten!
Hm...?!
SCHEPPER
SCHEPPER
SCHEPPER
SCHEPPER

WIUUUUUUUHH
Schaut euch nur dieses so niedliche, runde Gesicht an!
?

Was hat er vor...?!
Fürst?!
Gu-chi-gu-chi-gu-chi-gu...

Gu-chi-gu-chi-gu...
Gu-chi-gu...
Gu-chi-gu...
Gu-chi...
Gu-chi-gu-chi-gu...
Gu-chii...
WEDEL
WUBB

TAPPEL
TAPPEL
TAPPEL
Gu-chi-gu-chi-gu...
Guchi-gu-gu...!
SCHEPP SCHEPP SCHEPP SCHEPP
REICH
Die Burg musste ein andermal niedergebrannt werden.
Kapitel 1 – Ende
Gu ...
... chi-gu!
Gu-gu-gu-gu-chi!
Gu-gi-gu-gi!

Kapitel 2: Ein Festmahl für Stitch ♪
Das Land ist geteilt.
Im Land Gekoku sticht eine Person besonders hervor...
Meison Yamato!
Sein Siegeswille lehrte seine Gegner wie seine Verbündeten das Fürchten.
Er befahl seinen Truppen, die Burg seines Erzfeinds Shibamasa niederzubrennen...
Doch beim Vormarsch durch die Wälder...
?
... stießen sie auf einen rätselhaften blauen Tanuki.
Sie versuchten vergeblich, ihn zu bekämpfen, und ließen ihren Plan kurzzeitig fallen.

MURMEL
MURMEL
MURMEL
BRODEL
BRODEL
Warum legen wir auf einmal eine Pause ein?
Das liegt wohl an unserer Begegnung...
... mit dem blauen Tanuki.
Heiß!
Was ist so besonders an ihm?
Da bin ich überfragt.
Unser Herr hat sich seitdem in sein Haus zurückgezogen...
Ah ...?
Was wohl in ihm vorgeht...?
Das können wir ihn schlecht einfach so fragen...
Genau deshalb seid ihr nur das Gefolge.

Euch Kerlen fehlt es an Einfallsreichtum.
Kagemitsu Yuki, - STRATEGE-
Meister Yuki!
Spricht man so über den Herrn, dem man seine Treue schwor?
D... Denkt Ihr etwa ...?
Ohne Zweifel.
Dies ist Teil unseres Plans.
Ich weiß, dass unser Fürst...

... stets hundert Schritte im Voraus plant!

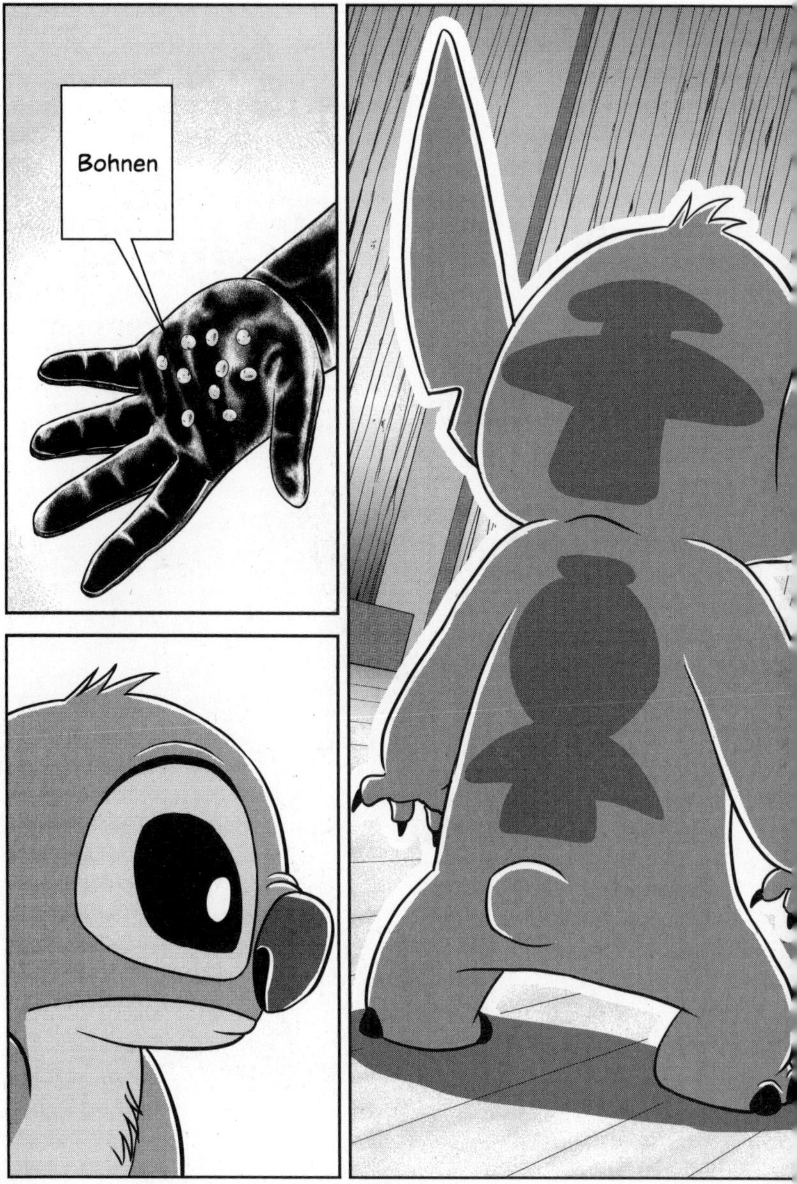
Bohnen

RÜTTEL
BOHR
BOHR
BOHR
BOHR
ROTZ
Bohnen ...
... isst er auch nicht.
Wir sind ihm gestern begegnet.
Er kam mit uns ...
HAMM
... doch er lässt mich nicht an sich heran.

Was könnte er nur mögen?
WÜHL
WÜHL
FLAPP
HUSCH
!
Oh ...?!
Er zeigt Interesse!
Ja doch, als Tanuki...
... mag er Fisch!
SCHNUFF

Hm...
TÜRM
Roh ist er ihm zuwider...
Wohlan ...!
KNISTER
KNISTER
KNISTER
KNISTER
KNISTER
Wie gefällt er dir gebraten?

KNISTER
KNISTER
Und jetzt?
Wirst du...
... endlich zulangen?!
MAMPF
MAMPF
MAMPF
Er frisst den Fisch!
Mh!
Mh!
Mh!
♪
...
Ob er nun gewillt ist, mir aus der Hand zu fressen...?

MAMPF
MAMPF
MAMPF
Ooooohh!
Er frisst tatsächlich ...
MAMPF
MAMPF
MAMPF
Bis auf den Stock alles weg!!
POCH
POCH
Zeit für zwei weitere Spieße!
SCHWUPP

Gähn...
ZACK
PLUMPS
Du liebe Zeit...
SCHLUCK
Er ist jetzt voll-kommen unge-schützt...
ZZZ
Nach seiner Mahlzeit überkam ihn die Müdig-keit...

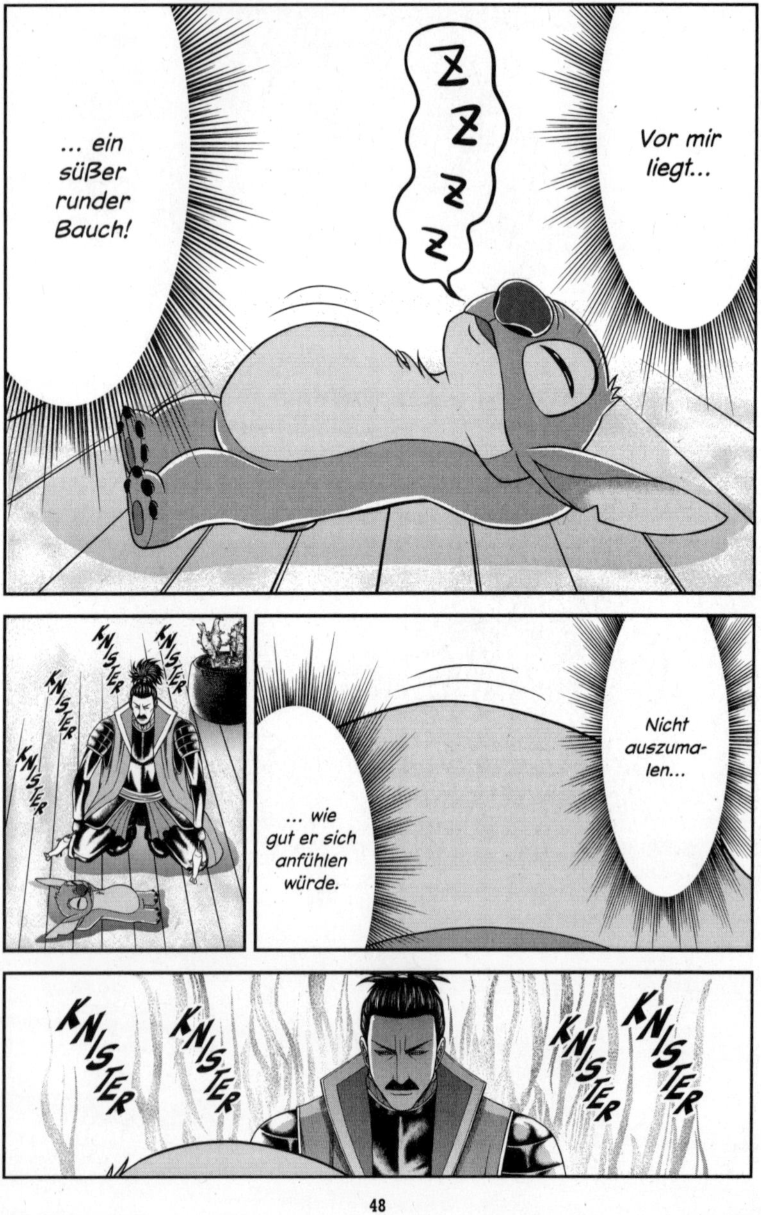
Vor mir liegt...
Z Z Z Z
... ein süßer runder Bauch!
Nicht auszumalen...
... wie gut er sich anfühlen würde.
KNISTER KNISTER KNISTER KNISTER
KNISTER KNISTER KNISTER KNISTER

Jetzt oder nie...
Ich werd ihn streicheln!
Blauer Tanuki...
Z Z Z
Du hast beschlossen, vor mir einzuschlafen...!

STRECK
Also musst du auch hiermit rechnen!
POCH
Auf dem Schlachtfeld wäre er nun gefallen...
POCH
O o o h ...
Wir sind uns so nah...!
POCH
POCH
POCH
POCH
POCH
POCH
Er ist in Reichweite meines Arms...!
Wenn ich ihn ausstrecke...
... kann ich ihn...!
POCH
POCH

Verzeiht mir die Störung!
RATTER
ZUCK
!

Da wir gestern mit dem Abfackeln der Burg zögerten ...
... hat Shibamasas Armee sie verlassen!
...
HEB
Seine Armee dadurch aufs offene Gelände zu führen...
Eure Weisheit versetzt mich immer wieder ins Staunen!
TAPPEL
TAPPEL
TAPPEL
Ich habe derweil dafür gesorgt ...
... dass unsere Truppen jederzeit aufbrechen können.
TAPPEL
TAPPEL
TAPPEL
Gähn ...

TAPPEL TAPPEL TAPPEL
Wir können uns sofort an ihre Fersen heften, um sie zu vernichten!
KNALL
Nun erwarten wir nur noch...
... Euren Befehl, mein Fürst!
Yuki...
Jawohl!

Dein Eingriff war vollkommen fehl am Platz...!
Wie ...?
PEITSCH
Aua! A... Aber, Fürst?!
PEITSCH
PEITSCH
ZZZ
Der Plan, die Feinde zu verfolgen, wurde ausgesetzt.
Kapitel 2 - Ende

Kapitel 3: Stitch hat Heimweh ↓

He, gib mir auch was ab.
Oh.
Wieder da, Taisaku?
Wie stehen die Dinge im Hauptquartier?
Der Herr verlässt wohl nach wie vor sein Haus nicht...
Aber ich sah, wie unser Stratege ihn besuchte.
Also geht es bald weiter?
Holt mir mein Pferd!
?!
Unser Fürst!
Endlich!

Machen wir uns auch bereit!!
Ah...
Ihr geht nirgendwo hin.
Der Fürst bricht allein auf.
Hä?
Allein ...?
Was ist nur...
... mit unserem Herrn los?
Der entschei-dende Kampf gegen Shibama-sa naht!

GALOPP
GALOPP
Blauer Tanuki...
Wo bist du nur hin?
Wäre Yuki nicht herein-geplatzt, wäre alles anders gekommen...!
KNIRSCH KNIRSCH
GALOPP
GALOPP
GALOPP
Blauer Tanuki!
GRRRR

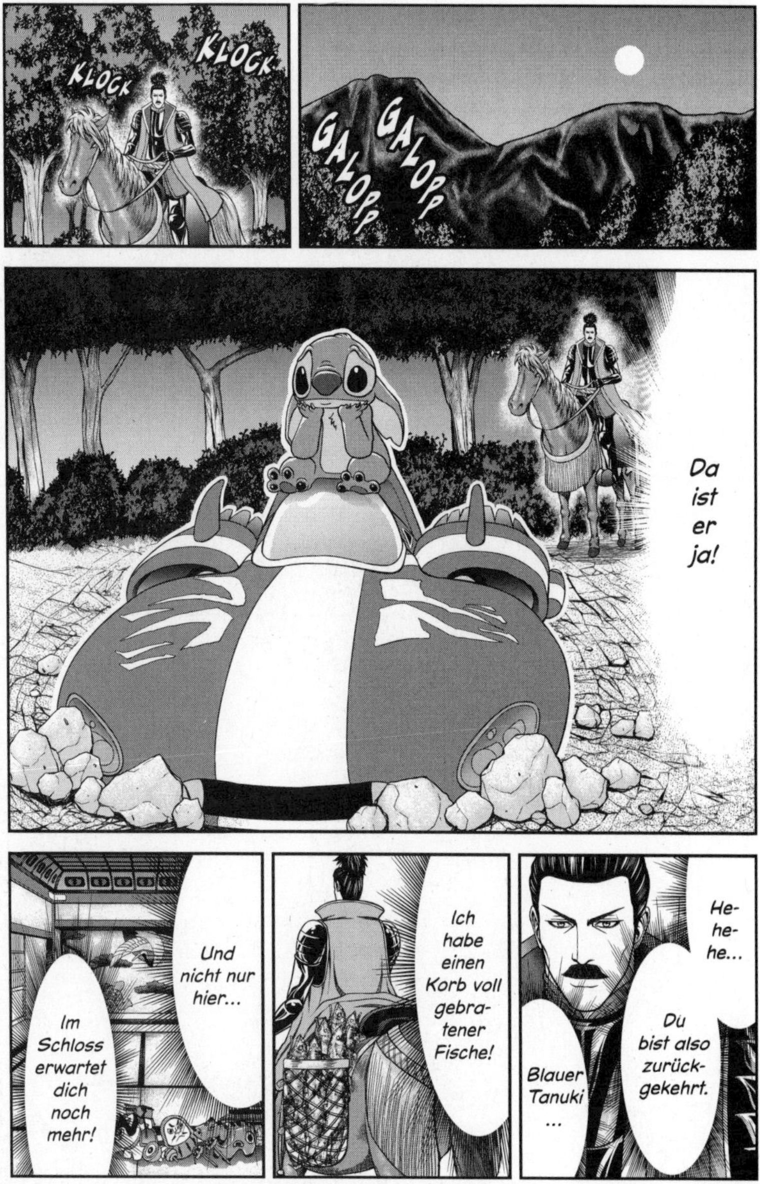
GALOPP GALOPP
KLOCK KLOCK
Da ist er ja!
He-he-he...
Du bist also zurückgekehrt.
Blauer Tanuki ...
Ich habe einen Korb voll gebratener Fische!
Und nicht nur hier...
Im Schloss erwartet dich noch mehr!

Du wirst der glücklichste Tanuki sein...
... den das Land Gekoku je beherbergt hat!
He-he-he ...
KLONK
KLONK
KLONK
KLONK
KLONK
KLONK

RATONK
WUUU
WUPP
Seine Apparatur schwebt ...
... in der Luft?!
WUOO
WUOO
WUOO
WUOO
Was um alles in der Welt ...?!
WUOO
WUOO
WUOO
Dieser Tanuki...
... ist keine gewöhnliche Kreatur!

HOPP
HSSSS
HSSSS
HSSSS
KAKLOMM
FIUUUU
KLONK
KLONK
KLONK
KLONK
WUOO
WUOO
WUOO
FIUUUUUU
RUMMS
RUMMS
FIUUUUUU
WUOO
WUOO
WUOO
WUOO

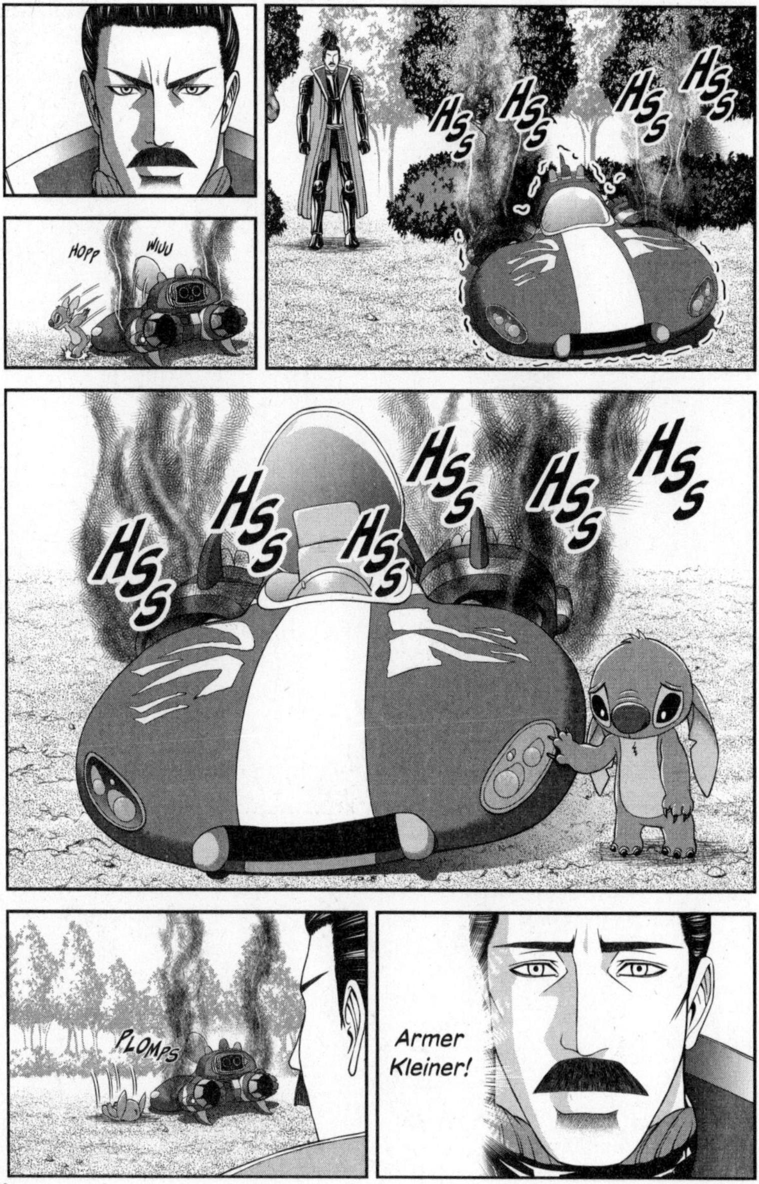
HSS
HSS
HSS
HSS
HOPP
WIUU
HSS
HSS
HSS
HSS
HSS
HSS
PLOMPS
Armer Kleiner!

Du wolltest ...
... zurück in den Himmel.

Blauer Tanuki...
Vom Himmel ...
... stiegst du zu uns herab.
Als wärst du...
... von ihm verstoßen worden.
Im Stich gelassen...
STREICH

Sute-ichi, »der im Stich gelassene«!
So werde ich dich taufen.
Das erinnert mich...
... an meine Kindheit.

Um die Yamato-Linie fortzuführen ...
... überreichten meine Eltern mich...
... dem verfeindeten Reich als Geisel.
Genau wie der blaue Tanuki...
... fühlte ich mich...
... im Stich gelassen.
...
RATTER

Vielleicht sollte ich dich...
... zum Himmel zurück-schicken.
Ihr wollt ...
... ein Schiff bauen las-sen?
So ist es.

Versammle sämtliche Mechaniker des Landes!
Sie sollen das Schiff des blauen Tanukis reparieren...
... damit er in den Himmel zurückkehren kann!
Wie?!
Das ist die Chance, die Kreatur fortzuschicken, die das Herz unseres Fürsten so aufwühlt...!
Jawohl!
Ich werde alles tun, was in meiner Macht steht...
... um diesem Schiff zu seinem einstigen Glanz zu verhelfen!

... wurde unter Kagemitsu Yukis Führung ...
Und so...
...
... die Reparatur des Schiffes in Gang gesetzt!
KLONK
KLONK
KLONK
TONK
KRRRT
KRRRT
KLONK
KLONK
KLONK
KLONK
HACK
HACK
Der Klang von Eisenhämmern hallte tagelang durchs Schloss...
KLONK
KLONK
KLONK
TOCK
TOCK

FLATTER
FLATTER
FLATTER
FLATTER
Kraaah!
Kraaah!
Kraaah!
DROPPEL
DROPPEL
Da bist du ja, blauer Tanuki ...
Nein ...

Im Sti(t)ch gelassener ...!
?!
Derzeit ...
... lassen wir dein Schiff repa-rieren.
Also wirst du...
... in den Himmel zurück-kehren!

HÜPF
HÜPF
HÜPF
KULLER KULLER
So soll es sein...

So und nicht anders ...
Melde gehorsamst, Fürst!
Ich habe die besten Mechaniker unter der Sonne versammelt...
Das Schiff ist nun fertig!
Wohlan!
Führe mich hin, Yuki!
Jawohl!

Das ...
... sieht nicht flug-tauglich aus.
Kapitel 3 – Ende

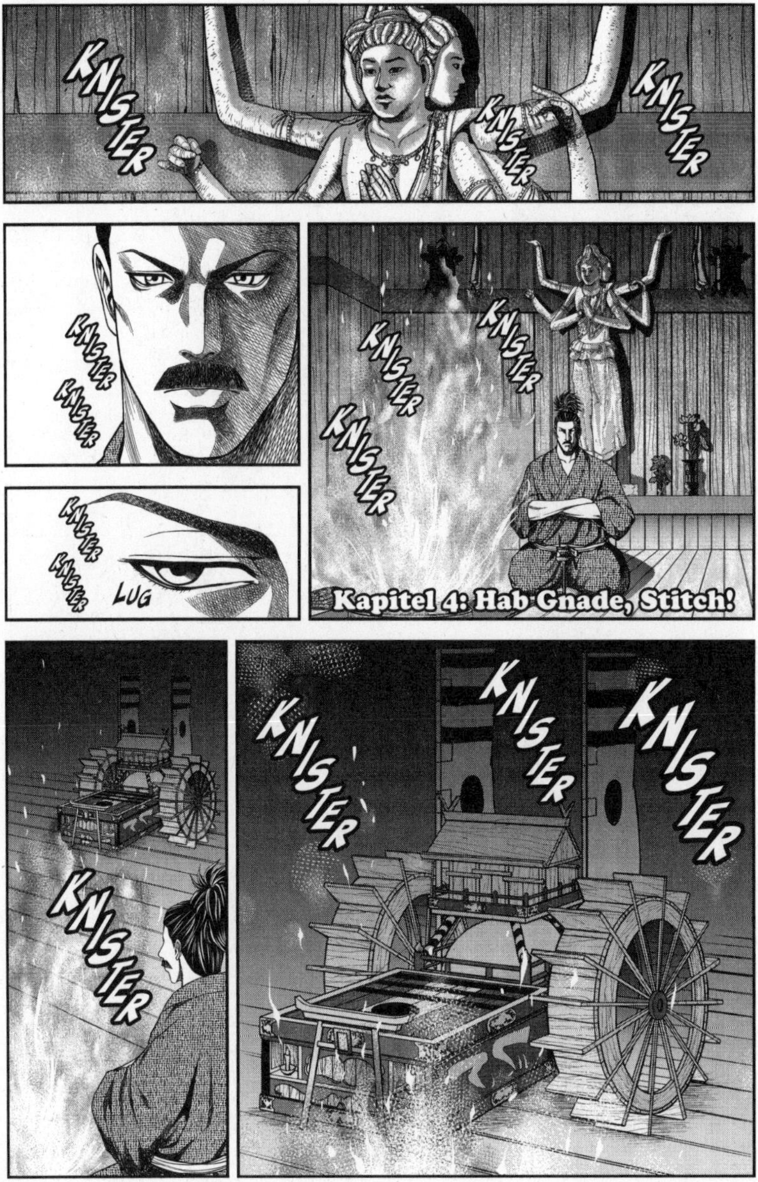
KNISTER
KNISTER
KNISTER
KNISTER
KNISTER
KNISTER
Kapitel 4: Hab Gnade, Stitch!
KNISTER
KNISTER
KNISTER
KNISTER
LUG
KNISTER
KNISTER
KNISTER

Es ist eine Kata-strophe ...!
Seit er sein um-gebautes Schiff er-blickt hat...
... frisst er mir nicht mehr aus der Hand.
Doch wer kann es ihm verübeln?
Ich muss seine Gunst zurückge-winnen...!
KNISTER
KNISTER
KNISTER
Doch wie soll ich das nur an-stellen?!
KNISTER
KNISTER
KNISTER
KNISTER

TUSCHEL
TUSCHEL
TUSCHEL
TUSCHEL
TUSCHEL
Hier also?
Gut!
Ihr wisst, was zu tun ist?
Ja!
Wohlan!
RATTER

Oho-
ho-
hooo!

Suutee-
iiichii!
POMM

WACKEL
WACKEL
FLAPP
FLAPP
Mir die Kunst des Tanzens zu Gemüte zu führen...
... konnt als Kind stets meine Stimmung heben.
In Zeiten des Aufruhrs...
... bleibt der Himmel dir verwehrt!
Doch sei diese Stadt dein Domizil!

FIIIIEP
FALALAAAA
He!
Ho!
Doch sei dieses Haus dein Domizil!
Ho
Ho
Des Menschen fünfzig Jahre sind für dich zehn...
KRATZ KRATZ
...
Wir bringen dir dar ...
... des Gekoku Fisch!
Er würdigt uns...
Ein Bissen macht dich wieder froh...
... nicht mal eines Blickes!

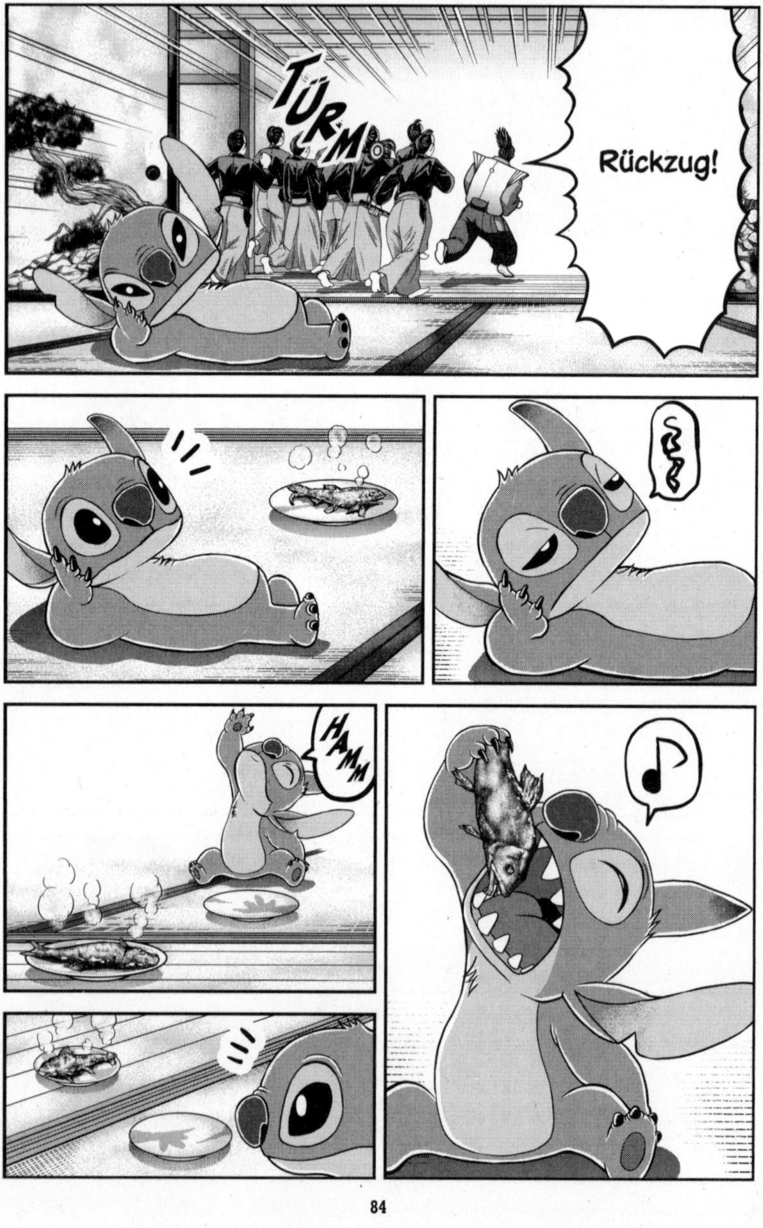
TÜRM
Rückzug!
HAMM

HAMM
HAMM
HAMM
!
♪
Mh?

DOTZ

STAMPF
STAMPF STAMPF
F... Fürst!
Ngh ...

PLÄTSCHER
GRUMMEL
STAMPF
STAMPF
STAMPF
STAMPF
HUSCH
PLATSCH
PLATSCH
PLATSCH
PLATSCH
PSS
SCH
PLATSCH
PLATSCH
PLATSCH
PLATSCH
PLATSCH

WUMM
SCHAAAA
ZAPPEL
ZAPPEL
ZAPPEL

ZAPPEL
ZAPPEL
ZAPPEL
ZAPPEL
ZAPPEL

GREIF
PLUMPS
GRUMMEL
JAPS
JAPS
JAPS

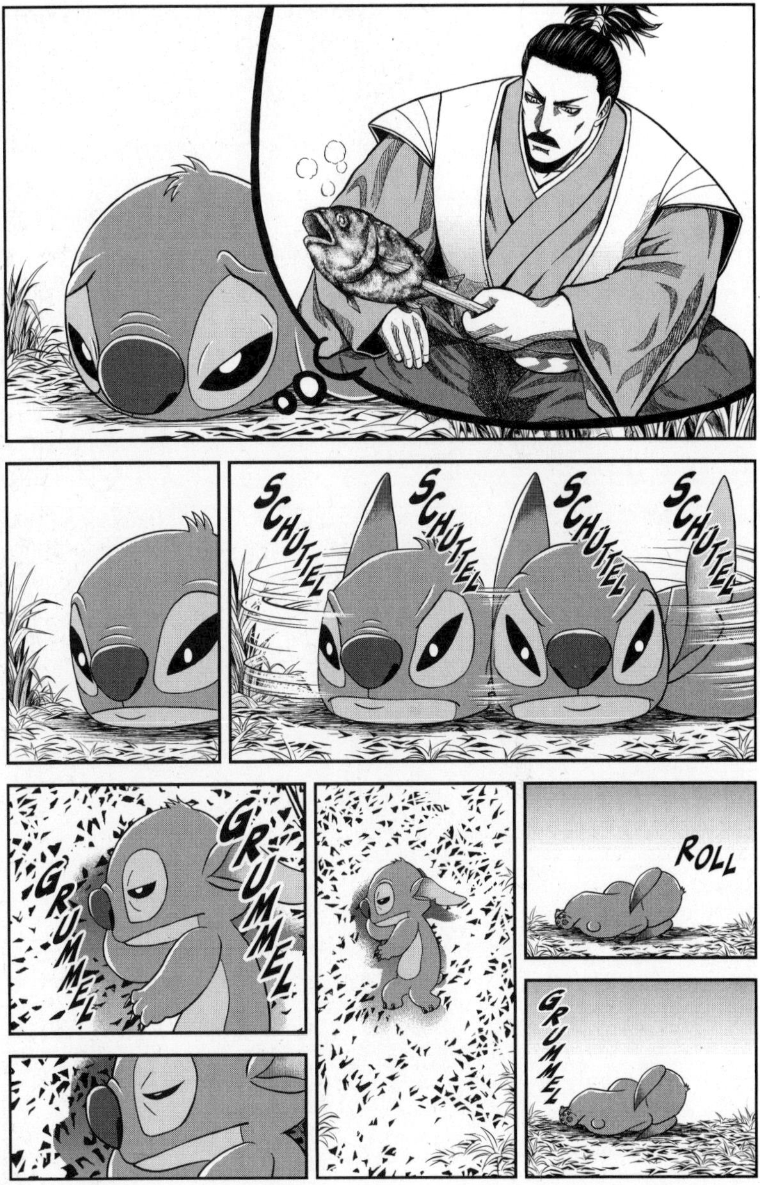
SCHÜTTEL
SCHÜTTEL
SCHÜTTEL
SCHÜTTEL
GRUMMEL
GRUMMEL
ROLL
GRUMMEL

ZZZ
ZZZ
ZIRP
RASCHEL RASCHEL
FSCHAAA
ZIRP
ZIRP
ZIRP
ZIRP
ZIRP

ZZZ
ZZZ
ZIRP
ZIRP
ZIRP
ZIRP
ZIRP
ZIRP
ZIRP

SCHNAPP

BALL
Gab es die in deiner Heimat nicht?
Das ist ein Glühwürmchen.
!
Du hast sicher Hunger.

KNISTER
KNISTER
KNISTER
KNISTER
KNISTER
KNISTER
KNISTER
KNISTER
DREH
Fühltest du dich beim Anblick der Glühwürmchen den Sternen nahe?
Bemerkenswert...

Bei mir war es anders herum.
DREH
Wenn ich damals ...
... als Gefangener...
... hoch zu den Sternen blickte ...
... dachte ich an die Glühwürmchen meiner Heimat zurück.

KNISTER
KNISTER
KNISTER
Willst du?
Iss schon!
Na, komm.
Du hast doch Hunger, oder?

KNABBER
...
MAMPF MAMPF MAMPF
Er hat zugebis- sen...!
Möchtest du noch einen haben?
Sute- ichi...
Er frisst wieder aus meiner Hand!

STITCH!
I...Ist das...
... dein Name ...?
STITCH!
Nicht Sute-ichi?
STITCH!
Aber...!
STITCH!
Kapitel 4 - Ende

Stitch und der Samurai

Meison und Stitch beim Spielen
Der ehrwürdige Meison Yamato und der vom Himmel gefallene blaue Tanuki Stitch, auch bekannt als »der im Stich gelassene«, freundeten sich miteinander an. Um die Langeweile zu vertreiben, brachte Meison seinem tierischen Begleiter das Fadenspiel bei, das Stitch in schallendes Gelächter ausbrechen ließ.
Rollbild (auch »Kakejiku« genannt), das die Geschichte des Hauses Yamato dokumentiert, archiviert im städtischen Museum von Gekoku
©Disney

Nun denn...
Wonach steht dir heute der Sinn?
Kapitel 5: Lass uns spielen, Stitch! ♪
...
Was hältst du hier-von?
Ich habe meinen Tischler-meister ein Holzpferd fertigen lassen!

GLOTZ
Steig doch mal auf!
Ich kann mir nichts Vergnüglicheres vorstellen.
DREH
Sieh her, ich mache es dir vor.
...
KNARZ
KNARZ
KNARZ
Welche Freude in mir aufkommt!

Ich habe mehr Spaß, als ich dachte!
WUPP
WUPP
WUPP
WUPP
WUPP
Weißt du, Stitch ...
Als ich noch ein Kind war...
... und mein Leben als Geisel verbrach-te...
... überkam mich purer Neid, wenn die Stadtkin-der auf ihren Holzpferden spielten.
Ich schwor mir, dass ich eines Tages selbst eins besitzen würde...

Probier es aus!
!
KNARZ
KNARZ
KNARZ

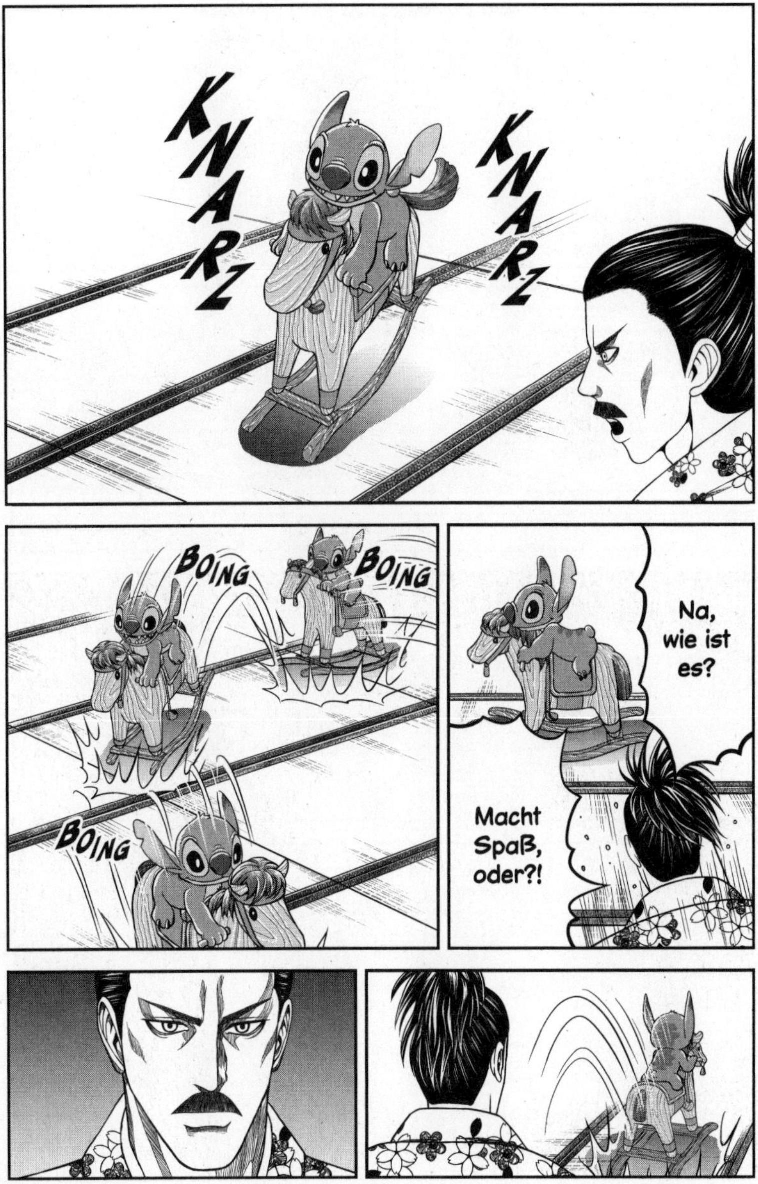
KNARZ
KNARZ
Na, wie ist es?
Macht Spaß, oder?!
BOING
BOING
BOING

Du denkst an das Schiff, mit dem du hergereist bist, nicht wahr...?
BOING
Stitch ...
Hoffentlich konntest du dich richtig austoben!
Guter Junge!
So lob ich mir das!
Machen wir hiermit weiter!
?

Das hier ist das unter-haltsame Roll-bild im Lande Gekoku.
ZACK
FLAPP
Sieh gut hin!
Haha! Ha...!
Ein Samurai, der stol-pert!
SPÄH
Einfach zum Tot-lachen!

FLAPP
Dann guck dir das hier an!
Dich amüsiert das auch, ja?!
Oh!
He! He! He!
Lauter Samurai, die stolpern!
Ich krieg mich kaum noch ein!
Ah, du willst das da lesen?!
Vor meinen Bediensteten dürfte ich mich nie so blamieren!
Haha!
Gahaha!

Was sagt denn die Beschreibung?
Dieses Mädchen nennt sich Ohana...
Dort steht...
Der Mann dort ist der Besitzer.
Ohana kochte in einem Teehaus für die Samurai...
In Zeiten des Krieges spielen solche Bande kaum eine Rolle...
... dass die beiden zur selben Familie gehören.

... aber diese beiden lebten zusammen in besagtem Teehaus.
Als Krieger kenne ich mich damit nicht aus, doch im gewöhnlichen Fußvolk kommt so was wohl häufig vor.
OHANA...
FAMILIE...
FAMILIE...
... ZUSAMMEN...
PACK

So, machen wir weiter!
Hier ist ein weiterer urkomischer Samurai, der...
PALIM
Pffft!
Argh!
PALIM PALIM
PALIM PALIM
Entschuldige mich kurz, Stitch.
Das nächste Bild ist wirklich lustig.
Amüsieren wir uns darüber, sobald ich zurück bin!
PAMM

Erst muss ich mich standesgemäß kleiden...
Gh!
ZACK
SCHNAPP
ÖL
STREICH
STAMPF
Herein!

* durch Macht vereint

Stitch

und der

SAMURAI

Meison und Stitch beim Spielen

Eines Tages spielten Meison und Stitch ein Spiel, bei dem sie abwechselnd Sand aus einem Hügel schaufelten, in dem ein Stab steckte. Ziel war es, den Stab nicht zu Fall zu bringen. Nachdem Stitch einen großen Batzen entfernte, kämpfte Meison damit, seine Fassung zu wahren, während er verzweifelt nach einem Weg suchte, seine Niederlage abzuwenden.

Rollbild (auch »Kakejiku« genannt), das die Geschichte des Hauses Yamato dokumentiert, archiviert im städtischen Museum von Gekoku

Ngh!
Ngh!
Ngh!
Hngh ...!
BAUMEL
Kapitel 6: Stitch am Berg↑
ZITTER
ZITTER
ZITTER
ZITTER
ZITTER
Ngah!
ZACK
HIUUUUU
In den letzten Tagen ist mir klar geworden...
... was Stitchs Leibspeise ist...
GREIF

Und zwar Kastanien auf Reis!
FLATTER
FLATTER
FWIUUUU
KRÄCHZ
Ha!
Ha!
Ha!
Endlich da...
LUG

BADAMM
Das ist der Kastanienhain!
HÜPF
Außer mir hat niemand Zugang zu diesem Ort.
Na ja...
Ab heute sei auch dir der Eintritt gewährt.
Hoho!

SCHNÜFF
SCHNÜFF
SCHNÜFF
SCHNÜFF
SCHNÜFF
SCHNÜFF
SCHNÜFF
!
SCHNÜFF
SCHNÜFF
Sieh gut hin.
TRET
Haha!

PLOPP
So kommen wir an unsere Kastanien.
HAMM
Gwaaahh!
Man muss die Früchte vor dem Essen erhitzen.
Roh schmecken sie scheußlich...
Buäh!
Buäh!
... aber mit etwas Mühe werden sie zur Delikatesse.
GRINS

Wetteifern wir darum, wer die meisten sammeln kann!
Hahaha!
SCHNAPP
♪
SCHNAPP
?!
HEPP
HEPP
PACK

Hau ruck!
Hau ruck!
...
HEPP
HEPP
HOPP
HOPP
NGH!
GRRRR...!

RRRSCH
GUAAAARGH!!
Alles in Ordnung, Stitch?
HOPP
HOPP
HOPP
HOPP

HOPP
HOPP
HOPP
HOPP
HOPP
HEPP
HEPP
ZACK
ZACK
ZACK
ZACK
Er hat...
... vier Arme?
REIB
REIB
ZACK
ZACK
ZACK
ZACK
ZACK
Hmm ...
Etwa, weil er sich so schnell bewegt?

Einst kämpfte ein Feind mit einer Kettensichel, die er rasend schnell wirbeln konnte...
Beruht das hier auf dem gleichen Prinzip...?
WUBB WUBB
WUBB
WUBB
PACK
SCHNAPP
Er agiert so ge-schwind...
... dass er vierarmig erscheint.

Das macht ihm also Freude!
Wie gut, dass ich ihn her-gebracht habe...
GARGH!!
Was hast du, Stitch?!
Oh!
Bei den Nadeln musst du Vorsicht walten lassen...

Eins...
Zwei...
Drei...
Vier.
WEDEL
AU!
Oh...
Äh, ja...
Sind das...
PLOCK PLOCK PLOCK PLOCK PLOCK
...tat-sächlich vier Arme?!
PLOCK PLOCK PLOCK PLOCK PLOCK PLOCK PLOCK

Ich muss bereits erschöpft sein...
Krah!
Heute sollte ich mich früher zur Ruhe betten.
Gut...
Lass uns zurückkehren!
Wir haben bereits alles gesammelt, was auf dem Boden lag.
WEDEL WEDEL
Was um alles...?!
POCK POCK POCK

Stitch!!
Kastanien, die noch nicht auf dem Boden sind, darf man auch nicht essen.
Früchte reifen über Jahre.
Diese hier können wir nicht mitnehmen, verstehst du?
Stitch...

Hattest du heute Spaß?
!
Willst du nächstes Jahr wiederkommen?

WISCH
WISCH
WISCH
WISCH
WISCH
WISCH
WISCH
WISCH
Lass mich dir helfen.
Warte …

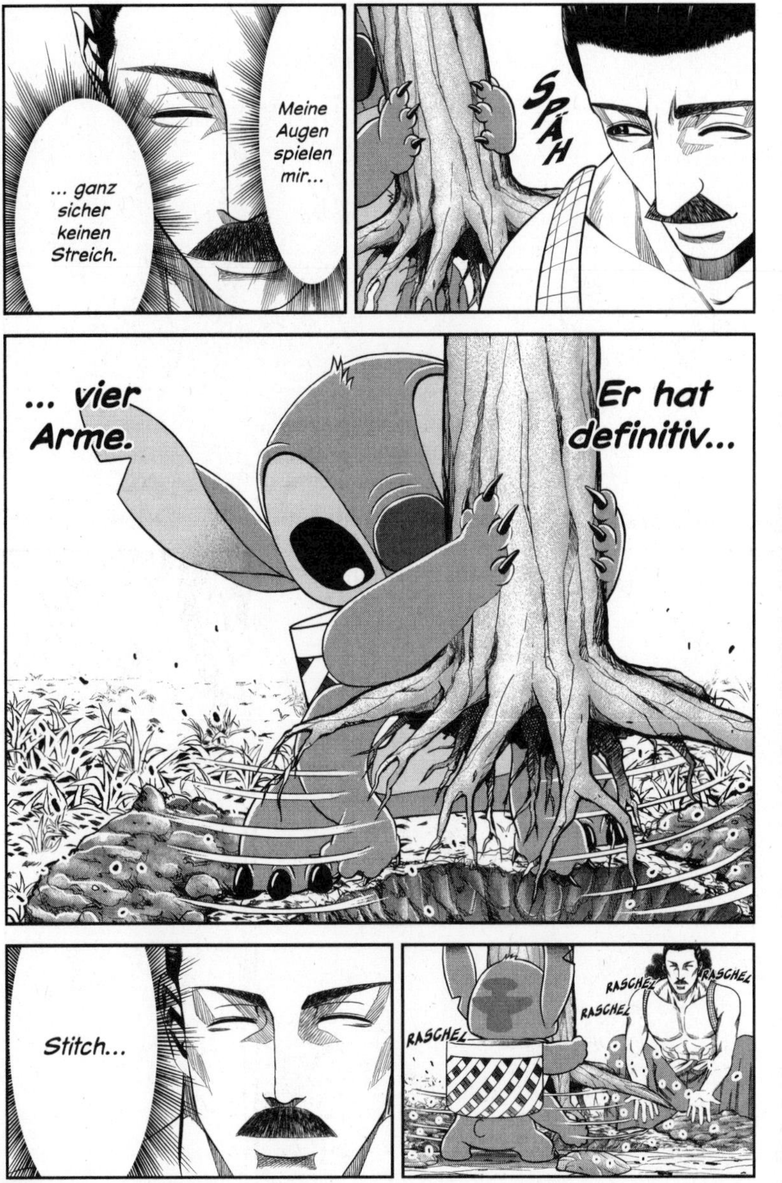
SPÄH
Meine Augen spielen mir...
... ganz sicher keinen Streich.
Er hat definitiv...
... vier Arme.
RASCHEL
RASCHEL
RASCHEL
RASCHEL
Stitch...

Wer oder
was bist du
eigentlich?
Kapitel 6 - Ende

Stitch

und der

Samurai

Meison und Stitch beim Spielen
Meison fächert sich feierlich Luft zu, während er sich Stitchs grandiose Darbietung beim Hüpfspiel zu Gemüte führt.
BRILLANT STITCH
Rollbild (auch »Kakejiku« genannt), das die Geschichte des Hauses Yamato dokumentiert, archiviert im städtischen Museum von Gekoku
©Disney

RRRSCHAAAAAAAAA
Kapitel 7: Des Tanukis Kern!
RSCHAAA
RRRSCHAAAAAA
Kann das wirklich sein, Stitch?

Bist du in Wahr-heit...

... gar kein Tanuki?

RRRRSCHAAAAAAAA
Womöglich...
... unterlag ich einem Irrtum...
... und es gibt tatsächlich Tanuki mit sechs Gliedern?
Ist das denn möglich?
AAAAAAAAA
RRRRRSCH
...

Tosas und Shinus mögen sich kaum ähnlich sehen...
Und doch...
... sind beide Arten Hunde!
Beide Arten...
... sind Hunde!
Er mag zwar anders ausse-hen...
... aber Stitch ist und bleibt ein Tanuki!
So muss es sein!

Mein Fürst ...
Dürfte ich Euch sprechen?
Was willst du, Yuki?
Frager und ich führen ein wichtiges Gespräch.
Es geht um den blauen Tanuki.
ZUCK
Was ist mit ihm?
Ich fürchte ...
... er ist gar kein Tanuki!

Und...
... was dann?
Er muss ein Dämon sein!
ZITTER

U...
Un-sinn ...!
Stitch ist ein Tanuki ...
Mein Fürst!
Bitte seht genau hin!
Ich halte hier einen echten Tanuki!
Vergewis-sert Euch selbst!
HUSCH
Ich bitte Euch in-ständig!
HUSCH

* durch Macht vereint

Ich weiß, zu welcher Tierart er eigentlich gehört.
?!
Was sagt Ihr...?
Sag, Frager ...
Du weißt, um was es sich bei Stitch handelt?
In der Tat.
GREIF
Erlaubt mir, Euch ein Bild zu malen.
STREICH
STREICH
STREICH
...

Das ist ein Tier vom südlichen Kontinent ...
... ein Koala!
Wie aus dem Gesicht geschnit-ten...
W a ...!
Hrm!
Dann wissen wir es nun.

Ich bitte um Vergebung!
...
Stitch ist kein Dämon!
Hinfort mit dir!
Jawohl!
Mich dünkte fast, du seist wahrhaftig ein Dämon...
TAPPEL
TAPPEL
TAPPEL
Welch unerwartete Wendung, Stitch...
Du bist also ein sogenannter Koala.

Ah, Stitch!
Gut, dass du da bist.
Wir hatten gerade über dich gesprochen.
?
Du bist gar kein Tanuki...
... sondern ein Koala, ja?
?
?
?
Was meinst du, Frager?
Sieht er den Tieren vom südlichen Kontinent ähnlich?
?..

HILFE, DAS IST JA EIN UNGE-HEUER!!
SEHT NUR, ER HAT VIER ARME!!
?!
SO WAS KANN DOCH KEIN KOALA SEIN!!

RRRSCHAAAAAAAAA
RSCHAAA
RRRSCHAAAAA
Es scheint ...
... als seist du...
... doch kein Koala, Stitch.

RSCHAAA
Na ja...
RRSCHAAAAA
Das sollte auch nicht mehr von Belang sein.
Einerlei, ob er vier Arme hat...
... oder gar ein Dämon ist.
Stitch bleibt Stitch!

Immer schön der Reihe nach!
Die Erde beheimatet die gefährdeten Moskitos...
Ich dulde also keine Randale!
Das ich habe schon verstanden!

Ich benutze Plasmakanone nur, um einzufangen 626!
Aber hältst du dich auch dran?
...
Sind das Dämonen...?
Kapitel 7 – Ende

Nachwort

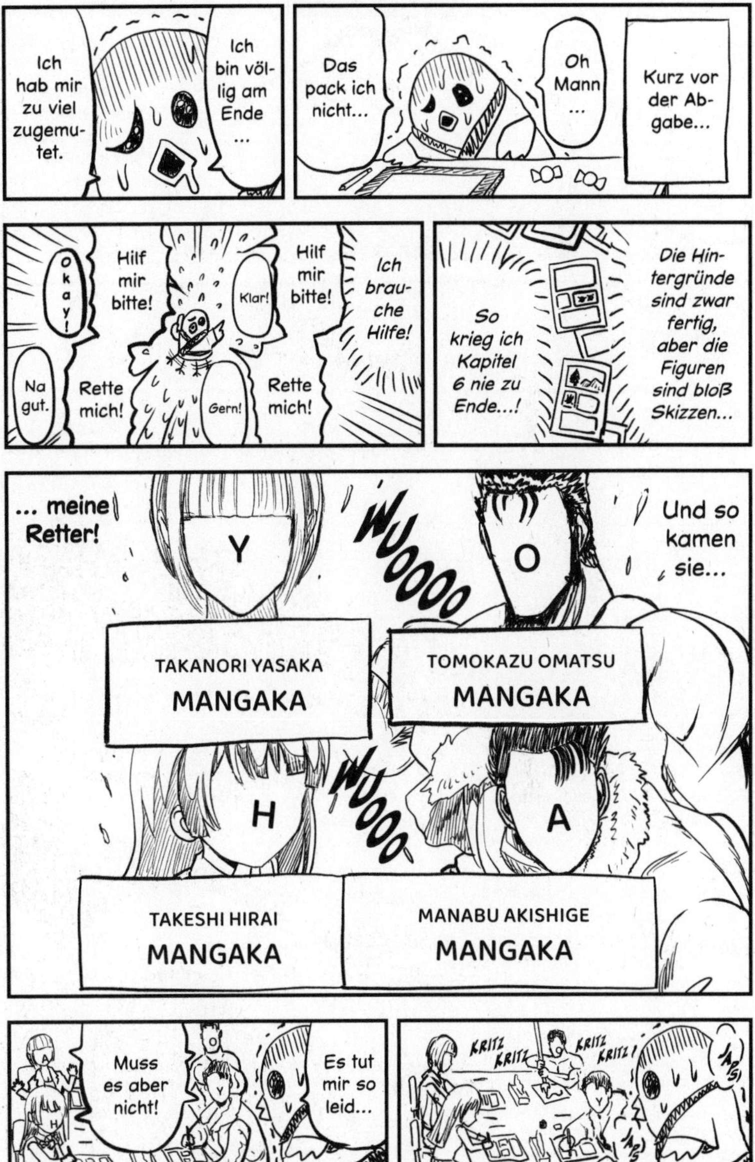

Kurz vor der Abgabe...
Oh Mann ...
Das pack ich nicht...
Ich bin völlig am Ende ...
Ich hab mir zu viel zugemutet.
Die Hintergründe sind zwar fertig, aber die Figuren sind bloß Skizzen...
So krieg ich Kapitel 6 nie zu Ende...!
Ich brauche Hilfe!
Hilf mir bitte!
Klar!
Rette mich!
Gern!
Hilf mir bitte!
Okay!
Rette mich!
Na gut.
Und so kamen sie...
WUOOOO
O
Y
... meine Retter!
TOMOKAZU OMATSU
MANGAKA
TAKANORI YASAKA
MANGAKA
WUOOOO
A
H
MANABU AKISHIGE
MANGAKA
TAKESHI HIRAI
MANGAKA
JAPS!
KRITZ
KRITZ
KRITZ
KRITZ!
JAPS
Es tut mir so leid...
Muss es aber nicht!

CARLSEN MANGA
Deutsche Ausgabe/German Edition

Aus dem Japanischen von Tony Toshimitsu Tran

Original manga comic by Hiroto Wada
First published in 2020 by Kodansha Ltd.

Textbearbeitung: Karen Eifler
Redaktion: Anne Berling
Herstellung: Wiebke Düsedau & Björn Liebchen

ISBN: 978-3-551-80369-6

FSC
www.fsc.org
MIX
Papier | Fördert gute Waldnutzung
FSC® C083411

Wir produzieren nachhaltig
- Klimaneutrales Produkt
- Papiere aus nachhaltigen und kontrollierten Quellen
- Hergestellt in Europa

In ganz Gekoku ist niemand...
... so flink wie du, Stitch!

NEXT Vorschau

mit Meison und Stitch!♪

Erhältlich ab April 2025!

Freut euch auf Band zwei!

HALT!

Dies ist die letzte Seite des Buches!

STITCH ist ein Buch im japanischen Stil und in Japan liest man von »hinten« nach »vorn« und von rechts oben nach links unten, also einfach anders herum als du es gewohnt bist. Du wirst dich ganz schnell daran gewöhnen.

Wie's funktioniert, siehst du an dem Bild, das wir für dich abgebildet haben. Schlage das Buch also auf der anderen Seite auf und dann kann der Spaß losgehen!